BLANCANIEVES

Y OTROS CUENTOS

Austral Intrépida

JACOB Y WILHELM GRIMM

BLANCANIEVES Y OTROS CUENTOS

Traducción
Isabel Hernández

Títulos originales: *Sneewitchen*; *Allerleirauh*; *Hans im Glück*; *Die zertanzten Schuhe*; *Schneeweißchen und Rosenrot*; *Der Bauer und der Teufel*; *Rumpelstilzchen*; *Der Froschkönig oder der eiserne Heinrich*; *Der Wolf und die sieben jungen Geißlein*; *Rapunzel*

Avda. Diagonal, 662-664, 08034 Barcelona (España)
www.planetadelibros.com

Diseño de la colección: Austral / Área Editorial Grupo Planeta
Ilustración de la cubierta: © Giselfust
Ilustraciones del interior: © ACI, © Bridgeman, © Album
Primera edición en Austral: marzo de 2025

Depósito legal: B. 3.638-2025
ISBN: 978-84-08-29983-7
Composición: Realización Planeta
Impresión y encuadernación: Egedsa
Printed in Spain - Impreso en España

Intrépido lector:

«Espejo mágico, dime una cosa: ¿qué mujer de este reino es la más hermosa?» Como sabes, lector, esta frase la pronuncia la malvada reina en el cuento de Blancanieves. La reina, la auténtica protagonista del relato original de los hermanos Grimm, es la madrastra de las madrastras, la más maléfica de todas, una reina cruel, celosa y muy vanidosa.

Pero no solo las reinas son malvadas, también los reyes pueden llegar a ser muy despiadados con sus hijas; compruébalo en los cuentos «Milpieles», «Los zapatos gastados de tanto bailar» o «El rey sapo o el fiel Enrique». Prepárate para conocer a Rosarroja, la hermana de Blancanieves, para negociar con un pobre diablillo o descubrir qué demonios es un rapónchigo.

En este libro hallarás una pequeña muestra de los maravillosos cuentos de los hermanos Grimm que tanto han entretenido a generaciones y generaciones de lectores, y te sorprenderá encontrarte con que estos relatos originales no son tan dulces como suponías.

BLANCANIEVES Y OTROS CUENTOS

Blancanieves

Érase una vez en pleno invierno, cuando los copos de nieve caían del cielo como plumas, que una reina estaba sentada cosiendo junto a una ventana que tenía un marco de ébano. Y como, mientras estaba así cosiendo, levantara la vista hacia la nieve, se pinchó con la aguja en el dedo y tres gotas de sangre cayeron en ella. Y como el rojo se veía tan bello sobre la blanca nieve pensó: «Si tuviese una niña tan blanca como la nieve, tan roja como la sangre y tan negra como la madera de este marco...». Al poco tiempo tuvo una hija que era tan blanca como la nieve, tan roja como la sangre y tenía los cabellos tan negros como el ébano, y por eso la llamaron Blancanieves. Y, nada más nacer la niña, murió la reina.

Pasado un año, el rey tomó otra esposa. Era una

mujer hermosa, pero orgullosa y arrogante, y no podía soportar que alguien la superase en belleza. Tenía un espejo maravilloso y, cuando se situaba frente a él y se miraba, decía:

Espejito, espejito de la pared,
la más hermosa de todo el reino, ¿quién es?

A lo que el espejo respondía:

Mi reina y señora, en el reino vos sois la más hermosa.

Entonces se quedaba satisfecha, pues sabía que el espejo decía la verdad.

Pero Blancanieves fue creciendo y fue haciéndose cada vez más bella, y cuando hubo cumplido siete años, era ya tan linda como la luz del día y más hermosa que la propia reina. En una ocasión le preguntó a su espejo:

Espejito, espejito de la pared,
la más hermosa de todo el reino, ¿quién es?

El espejo respondió:

Mi reina y señora, vos sois aquí la más hermosa,
pero Blancanieves es mil veces que vos más preciosa.

Entonces la reina se asustó y se puso amarilla y verde de envidia. Desde ese momento, cada vez que veía a Blancanieves, el corazón se le revolvía en el cuerpo, tal era el odio que sentía por la muchacha. Y la envidia y la arrogancia fueron creciendo más y más en su corazón, como la mala hierba, hasta que no llegó a tener un minuto de paz, ni de día ni de noche. Así que llamó a un cazador y le dijo:

—Llévate a la niña al bosque, no quiero volver a verla más. La matarás y me traerás como prueba el pulmón y el hígado.

El cazador obedeció y se la llevó, y cuando ya había sacado el cuchillo de monte y se disponía a atravesar el inocente corazón de Blancanieves, esta se echó a llorar diciendo:

—¡Ay, querido cazador, déjame vivir, me adentraré en el bosque y no regresaré jamás!

Y, como era tan hermosa, el cazador se compadeció de ella y dijo:

Entonces echa a correr, pobre criatura.

«Las fieras salvajes pronto te comerán», pensó, y, con todo, sintió como si se hubiera quitado un gran peso de encima al no tener que matarla. Y como justo en ese momento pasaba por allí un jabato, le clavó el cuchillo, le sacó el pulmón y el hígado y se los llevó a la reina como prueba. El cocinero tuvo que cocerlos con sal y la pérfida mujer se los comió creyendo que se había comido el pulmón y el hígado de Blancanieves.

Ahora la pobre niña estaba sola y desamparada en el inmenso bosque, y tenía tanto miedo que miraba las hojas de los árboles y no sabía qué hacer. Entonces empezó a andar, y anduvo sobre las afiladas piedras y por entre los espinos, y las fieras pasaban a su lado sin hacerle nada. Siguió caminando todo lo que los pies pudieron sostenerla, hasta que empezó a hacerse de noche; entonces vio una pequeña casita y entró en ella para descansar. En la casita todo era diminuto, pero tan delicado y tan limpio que no había nada que decir sobre ello. Había una mesita puesta con un mantel blanco y siete pequeños platos, cada uno con su cucharita, y además siete cuchillitos, siete tenedorcitos y siete vasitos. Junto a la pared había siete camitas colocadas una al lado de la otra y cubiertas con sábanas blancas como la nieve. Blancanieves, como tenía tanta hambre y tanta sed, comió de cada platito un poco

de verdura y de pan y de cada vasito se bebió un sorbito de vino, pues no quería quitárselo todo a uno solo. Después, como estaba cansada, se tumbó en una camita, pero ninguna le iba bien: la una era muy larga, la otra demasiado corta, hasta que al final la séptima resultó adecuada, y en ella se quedó, se encomendó a Dios y se durmió.

Cuando ya era completamente de noche llegaron los dueños de la casa: eran siete enanos que picaban y excavaban las montañas buscando minerales. Encendieron sus siete lamparitas y, al iluminarse la casita, vieron que alguien había estado allí, pues no todo estaba tan ordenado como lo habían dejado. El primero dijo:

—¿Quién se ha sentado en mi sillita?

El segundo:

—¿Quién ha comido de mi platito?

El tercero:

—¿Quién ha cogido un pedazo de mi panecito?

El cuarto:

—¿Quién ha comido de mi verdurita?

El quinto:

—¿Quién ha pinchado con mi tenedorcito?

El sexto:

—¿Quién ha cortado con mi cuchillito?

El séptimo:

—¿Quién ha bebido de mi vasito?

Entonces el primero miró a su alrededor y vio que su cama estaba un poco aplastada, así que dijo:

—¿Quién se ha echado en mi camita?

Los otros acudieron presurosos y exclamaron:

—También se ha echado alguien en la mía.

Pero el séptimo, al mirar su cama, divisó a Blancanieves, que dormía en ella.

Entonces llamó a los otros, que llegaron corriendo y gritaron de pura admiración, cogieron sus siete lamparitas y alumbraron a Blancanieves.

—¡Ay, Dios mío! ¡Ay, Dios mío! —exclamaban—. ¡Qué niña tan hermosa!

Y estaban tan contentos que no la despertaron, sino que dejaron que siguiera durmiendo en la camita.

Y el séptimo enano durmió con sus compañeros, una hora con cada uno, y así transcurrió la noche.

Al hacerse de día, Blancanieves se despertó y, al ver a los siete enanos, se asustó. Pero estos fueron muy amables y le preguntaron:

—¿Cómo te llamas?

—Me llamo Blancanieves —respondió ella.

—¿Cómo has llegado a nuestra casa? —continuaron preguntando los enanos.

Entonces ella les contó que su madrastra había ordenado que la mataran, pero que el cazador le había perdonado la vida y que había estado caminando todo el día hasta que por fin había encontrado su casita. Los enanos dijeron:

—Si quieres cuidar de nuestra casa, cocinar, hacer las camas, lavar, coser y remendar la ropa, y si estás dispuesta a mantenerlo todo en orden y limpio, entonces puedes quedarte con nosotros y no te faltará de nada.

—Sí —dijo Blancanieves—, de todo corazón.

Y se quedó con ellos.

Ella mantenía siempre su casa en orden: por la mañana los enanos se iban a las montañas en busca de minerales y oro, por la noche regresaban y entonces su cena tenía que estar preparada. Durante el día, la niña se quedaba sola, por eso los buenos enanitos le advirtieron:

—Cuídate de tu madrastra, pronto sabrá que estás aquí; no dejes entrar a nadie.

Pero la reina, como creía haberse comido el pulmón y el hígado de Blancanieves, no pensaba en otra cosa más que en que era de nuevo la primera y

la más hermosa, así que se colocó ante el espejo y dijo:

Espejito, espejito de la pared,
la más hermosa de todo el reino, ¿quién es?

A lo que el espejo respondió:

Mi reina y señora, vos sois aquí la más hermosa,
pero en los montes, al otro lado,
Blancanieves con los siete enanos
es mil veces que vos más preciosa.

Entonces se asustó, pues sabía que el espejo nunca mentía, y comprendió que el cazador la había engañado y que Blancanieves aún seguía con vida. Así que empezó de nuevo a pensar y a pensar en cómo matarla, pues en tanto ella no fuera la más hermosa del reino, la envidia no le dejaría un solo instante de paz. Y cuando finalmente se le hubo ocurrido qué hacer, se pintó la cara y se vistió como una vieja chamarilera, hasta el punto de que era imposible reconocerla. Así vestida, atravesó las siete montañas en dirección a la casa de los siete enanos, llamó a la puerta y gritó:

—¡Vendo buena mercancía! ¡Buena mercancía!

Blancanieves se asomó a la ventana y saludó:

—Buenos días, buena mujer, ¿qué es lo que vendéis?

—Buena mercancía, preciosa mercancía —respondió—, cintas de todos los colores.

Y sacó una tejida con seda de colores.

«A esta honrada mujer puedo dejarla entrar», pensó Blancanieves, abrió la puerta y se compró la hermosa cinta.

—Niña —dijo la anciana—, ¡qué hermosa eres! Ven, voy a atártela bien.

Blancanieves no temía nada malo, así que se situó ante ella y dejó que le pusiera al cuello la nueva cinta, pero la vieja la ató tan deprisa y tan fuerte que a Blancanieves se le cortó la respiración y cayó al suelo como muerta.

—Ahora has dejado de ser la más hermosa —dijo, y se marchó de allí a toda prisa.

No había pasado mucho rato, a la hora de la cena, cuando llegaron a casa los siete enanos, pero se asustaron mucho al ver a su querida Blancanieves en el suelo, sin moverse ni agitarse, como si estuviera muerta. La levantaron y, al ver que el nudo estaba muy fuerte, cortaron la cinta en dos: entonces empezó

a respirar y fue reanimándose poco a poco. Cuando los enanos oyeron lo que había ocurrido, dijeron:

—La vieja chamarilera no era otra que la malvada reina: ten cuidado y no dejes entrar a nadie cuando no estemos contigo.

Pero la mala mujer, nada más llegar a casa, se puso frente al espejo y preguntó:

Espejito, espejito de la pared,
la más hermosa de todo el reino, ¿quién es?

A lo que este respondió como de costumbre:

Mi reina y señora, vos sois aquí la más hermosa,
pero en los montes, al otro lado,
Blancanieves con los siete enanos
es mil veces que vos más preciosa.

Al escuchar esto, se asustó tanto que le dio un vuelco el corazón, porque comprendió que Blancanieves había vuelto a la vida.

—Pues ahora —dijo— voy a idear algo que te aniquilará por completo.

Y con las artes de brujería que conocía preparó un peine envenenado.

Luego se disfrazó y adoptó la forma de otra anciana. Así vestida, atravesó las siete montañas en dirección a la casa de los siete enanos, llamó a la puerta y gritó:

—¡Vendo buena mercancía!

Blancanieves se asomó a la ventana y dijo:

—Sigue tu camino, no debo abrirle la puerta a nadie.

—Pero mirar sí que podrás —dijo la anciana, y sacando el peine envenenado, lo sostuvo en alto.

A la niña le gustó tanto que se dejó seducir y abrió la puerta. Una vez acordada la venta, la anciana dijo:

—Ahora voy a peinarte como es debido.

La pobre Blancanieves no sospechó nada y dejó hacer a la anciana, pero apenas hubo metido esta el peine en sus cabellos, el veneno empezó a actuar y la niña cayó al suelo sin sentido.

—¡Tú, dechado de belleza! —dijo la pérfida mujer—. Ahora sí que estás muerta.

Y se marchó del lugar.

Por suerte pronto se hizo de noche y los siete enanitos regresaron a casa. Al ver a Blancanieves en el suelo como muerta, sospecharon inmediatamente de la madrastra, se pusieron a buscar y encontraron el peine envenenado, y, nada más sacarlo, Blancanieves volvió en sí y les contó lo que había sucedido. Entonces volvieron a advertirle que tuviera cuidado y no abriera la puerta a nadie.

En casa la reina se colocó frente al espejo y dijo:

Espejito, espejito de la pared,
la más hermosa de todo el reino, ¿quién es?

A lo que este respondió igual que antes:

Mi reina y señora, vos sois aquí la más hermosa,
pero en los montes, al otro lado,
Blancanieves con los siete enanos
es mil veces que vos más preciosa.

Al oír al espejo decir esto, se estremeció y tembló de rabia.

—Blancanieves morirá —gritó—, aunque me cueste la vida.

A continuación se dirigió a un aposento solitario y oculto en el que no entraba nadie y preparó una manzana envenenada. Por fuera tenía un aspecto bellísimo, blanca y sonrosada, de manera que a cualquiera que la viera le entrarían ganas de morderla, pero quien comiera, aunque fuera solo un pedacito, moriría. Cuando hubo terminado de preparar la manzana, se pintó la cara y se disfrazó de campesina, y así vestida, atravesó las siete montañas en dirección a la casa de los siete enanos. Llamó a la puerta; Blancanieves se asomó a la ventana y dijo:

—No puedo dejar entrar a nadie, los siete enanos me lo han prohibido.

—No me importa —respondió la campesina—, ya venderé mis manzanas en otro sitio. Toma, te regalo una.

—No —replicó Blancanieves—, no puedo aceptar nada.

—¿Temes que esté envenenada? —dijo la anciana—. Mira, voy a cortar la manzana en dos, tú te comes la parte roja y yo la blanca.

Pero la manzana estaba preparada tan artificiosamente que la mitad roja era la única que estaba envenenada. Blancanieves observó de buena gana la hermosa manzana y, al ver que la campesina la mordía, no pudo resistirse por más tiempo, sacó la mano por la ventana y cogió la mitad envenenada. Y apenas se hubo metido un pedazo en la boca, cayó muerta al suelo. La reina la observó entonces con una pérfida mirada y, riéndose a carcajadas, dijo:

—¡Blanca como la nieve, roja como la sangre, negra como el ébano! Esta vez no podrán despertarte los enanos.

Y cuando, al llegar a casa, preguntó al espejo:

Espejito, espejito de la pared,
la más hermosa de todo el reino, ¿quién es?

Este respondió por fin:

Mi reina y señora, vos sois aquí la más hermosa.

Entonces su corazón envidioso se calmó en la medida en que puede encontrar calma un corazón envidioso.

Al llegar a casa por la noche, los enanitos encontraron a Blancanieves en el suelo: de su boca no salía aire alguno y estaba muerta. La levantaron, buscaron a ver si encontraban algo venenoso, le desabrocharon el cinturón, le peinaron los cabellos, la lavaron con agua y vino, pero nada de eso sirvió: la querida niña estaba muerta y muerta siguió estando. La colocaron en un féretro, los siete se sentaron a su lado y la lloraron durante tres días. Quisieron entonces enterrarla, pero tenía el mismo aspecto lozano

que una persona viva y conservaba aún sonrojadas sus hermosas mejillas.

—No podemos enterrarla así en la negra tierra —dijeron, y encargaron un ataúd de transparente cristal para que se la pudiera ver por todos los lados, la metieron dentro y grabaron en él su nombre con letras doradas, y uno de ellos se quedaba siempre a su lado haciendo guardia. Y también vinieron animales a llorar a Blancanieves: primero un búho, luego un cuervo, finalmente una palomita.

Blancanieves yació así en el ataúd durante mucho mucho tiempo, sin descomponerse; parecía que tan solo estuviera durmiendo, pues seguía siendo tan blanca como la nieve, tan roja como la sangre y sus cabellos tan negros como el ébano. Aconteció, no obstante, que el hijo de un rey se adentró en el bosque y llegó hasta la morada de los enanos para pasar allí la noche. En la cima de la montaña vio el féretro y a la hermosa Blancanieves en su interior, y leyó lo que estaba escrito con letras de oro.

—Entregadme el ataúd —dijo a los enanos—, os daré por él lo que queráis.

Pero los enanos respondieron:

—No te lo daremos ni por todo el oro del mundo.

—Pues regaládmelo —replicó él entonces—, porque no podré vivir sin ver a Blancanieves; la honraré y la respetaré como al ser que más quiero.

Al oírle hablar así, los buenos enanitos se compadecieron de él y le dieron el ataúd. El príncipe ordenó a sus lacayos que lo llevaran a hombros. Entonces aconteció que tropezaron con un arbusto y, con la sacudida, el trocito de manzana envenenada que Blancanieves había mordido se le salió de la garganta. Y al poco rato abrió los ojos, levantó la tapa del ataúd, se incorporó y volvió a la vida.

—¡Ay, Dios mío, ¿dónde estoy?! —exclamó.

—Estás conmigo —respondió el príncipe, lleno de alegría. Le contó lo que había sucedido y dijo—: Te quiero más que a nada en el mundo; ven conmigo al palacio de mi padre, serás mi esposa.

A Blancanieves le gustó y se marchó con él, y la boda se celebró con gran pompa y lujo.

Pero a la fiesta fue invitada también la malvada madrastra. Como se había engalanado con hermosos vestidos, se colocó frente al espejo y dijo:

Espejito, espejito de la pared,
la más hermosa de todo el reino, ¿quién es?

El espejo respondió:

Mi reina y señora, vos sois aquí la más hermosa,
pero la joven reina es mil veces que vos más preciosa.

Entonces la pérfida mujer lanzó una maldición y le entró tanto tanto miedo que no sabía qué hacer. Primero no quería ir a la boda; pero esta idea no la dejaba en paz: tenía que ir y ver a la joven reina. Y, nada más entrar, reconoció a Blancanieves, y de puro miedo y espanto se quedó allí plantada sin poder moverse. Pero en el fuego estaban preparadas ya unas zapatillas de hierro; las cogieron con unas tenazas y las colocaron delante de ella. Entonces tuvo que ponerse aquel calzado, que estaba al rojo vivo, y bailar con él hasta que cayó muerta al suelo.

Blancanieves y Rosarroja

Una pobre viuda vivía en una cabañita, y delante de la cabañita había un jardín en el que había dos rosales, de los que uno daba rosas blancas y el otro rojas, y tenía dos hijas que se parecían a los dos rosalitos, y la una se llamaba Blancanieves y la otra Rosarroja. Y eran tan piadosas y tan buenas, tan trabajadoras e infatigables como nunca lo han sido dos niñas en el mundo. Blancanieves era más tranquila y más dulce que Rosarroja. Rosarroja prefería brincar por prados y campos en busca de flores, y cazaba avecillas de verano; Blancanieves, mientras tanto, se quedaba en casa junto a su madre, ayudándola en las tareas de la casa o leyéndole en voz alta cuando no había nada que hacer. Las dos niñas se querían tanto que, cuando iban juntas, se cogían de la mano, y cuando Blancanieves decía: «No nos abandonaremos nunca», Rosarroja respondía: «Nunca en la vida», y la madre añadía entonces: «¡Lo que la una tenga, debe compartirlo con la otra!».

A menudo iban solas al bosque a coger bayas rojas, pero ningún animal les hacía daño, sino que todos confiaban en ellas: la liebrecilla comía de su mano las hojas de col que le llevaban, el corzo pastaba a su lado, el ciervo pasaba brincando divertido y las aves se quedaban en las ramas cantando sus canciones. No les acaecía ninguna desgracia: si se retrasaban en el bosque y se les hacía de noche, se tumbaban una al lado de la otra sobre el musgo y dormían hasta el amanecer, y la madre lo sabía y no se preocupaba por ellas. En una ocasión en que habían pasado la noche en el bosque y las había despertado la aurora, vieron a un hermoso niño sentado junto a su lecho con un reluciente vestidito blanco. Se puso en pie y las miró amablemente, pero no dijo nada y se adentró en el bosque. Y cuando ellas miraron a su alrededor, habían dormido muy cerca de un precipicio y de seguro habrían caído en él si hubieran dado unos pasos más en la oscuridad. La madre les dijo que debía de haber sido su ángel de la guarda, que cuida de los niños buenos.

Blancanieves y Rosarroja tenían la casita de su madre tan limpia que daba gloria verla. En verano Rosarroja cuidaba la casa y todas las mañanas, antes de que la madre se despertara, le ponía un ramo de flores ante la cama, con una rosa de cada rosal. En invierno, Blancanieves encendía el fuego y colgaba el caldero del gancho; el caldero era de latón, pero estaba tan limpio que brillaba como el oro. Por la noche, cuando caía la nieve, la madre decía: «Anda, Blancanieves, ve a echar el cerrojo», y luego se sentaban junto al hogar, la madre se ponía los anteojos y leía en voz alta de un gran libro, y las dos niñas escuchaban atentas e hilaban. A su lado, en el suelo, había un corderito y a sus espaldas, sobre una vara, había una palomita blanca con la cabeza escondida bajo el ala.

Una noche, cuando estaban así tan confiadamente, alguien llamó a la puerta como si quisiera entrar. La madre dijo:

—Rápido, Rosarroja, abre, será un caminante que busca cobijo.

Rosarroja fue y descorrió el cerrojo pensando que sería un pobre hombre, pero no era un hombre, sino un oso que metió su gorda cabezota negra por la puerta. Rosarroja dio un fuerte grito y retrocedió de un brinco: el corderito empezó a balar, la palomita a batir sus alas y Blancanieves se escondió tras la cama de su madre. Pero el oso empezó a hablar y dijo:

—No temáis, no os haré ningún daño, solo quiero calentarme un poco en vuestro fuego.

—Pobre oso —respondió la madre—, túmbate junto al fuego y cuida solo de no quemarte la piel. —Luego llamó a las niñas—: ¡Blancanieves! ¡Rosarroja! Salid, el oso no os hará nada, lo dice de verdad.

Entonces las dos se acercaron y, poco a poco, fueron acercándose también el corderito y la palomita, y le perdieron el miedo. El oso dijo:

—Niñas, sacudidme un poco la nieve de la piel. —Y ellas cogieron la escoba y limpiaron la piel al oso.

Este se echó junto al fuego y gruñó todo contento y satisfecho. No había pasado mucho tiempo y ya habían cogido confianza y hacían travesuras con aquel inocente huésped. Le tiraban de la piel con las manos o le ponían los piececitos en la espalda y lo hacían rodar de un lado a otro, o cogían una vara de avellano y le daban golpes con ella, y cuando él gruñía, ellas se reían. El oso se dejaba hacer, solo cuan do le gastaban bromas demasiado pesadas exclamaba:

Con vida me habéis de dejar.
¡Blancanieves! ¡Rosarroja!
Al pretendiente vais a matar.

Cuando llegó la hora de dormir y las niñas se fueron a la cama, la madre dijo al oso:

—En el nombre de Dios, puedes quedarte aquí, junto al fuego del hogar, así estarás protegido del frío y del mal tiempo.

En cuanto apuntó el día, las niñas lo dejaron salir y él se adentró en el bosque trotando por la nieve. A partir de ese día el oso regresaba todas las noches a la misma hora, se tumbaba junto al hogar y dejaba que las niñas hicieran con él todas las travesuras que quisieran, y ellas se acostumbraron tanto a él que por la noche no cerraban la puerta hasta que el negro huésped había llegado.

Cuando llegó la primavera y afuera todo estaba verde, el oso dijo una mañana a Blancanieves:

—Ahora debo marcharme y no podré volver en todo el verano.

—¿Adónde vas, querido oso? —preguntó Blancanieves.

—Tengo que ir al bosque a proteger mis tesoros de los malvados enanos; en invierno, cuando la tierra está dura y helada, tienen que quedarse abajo y no pueden salir, pero ahora que el sol ha deshelado y calentado la tierra, se abren paso, buscan y roban. Y lo que cae en sus manos y se llevan a sus cuevas difícilmente vuelve a ver la luz del día.

Blancanieves se entristeció mucho por la despedida y, cuando le hubo abierto la puerta y el oso se disponía a salir, este se enganchó en un clavo y se le desgarró un trozo de piel, y a Blancanieves le pareció como si hubiera visto unos reflejos de oro, pero no estaba segura. El oso se había marchado a todo correr y había desaparecido rápidamente tras los árboles.

Pasado un tiempo, la madre envió a las niñas al bosque a coger ramas secas. Allí encontraron un gran árbol talado en el suelo, y en el tronco, por entre la hierba, algo que brincaba de un lado a otro, pero no pudieron distinguir lo que era. Cuando se acercaron, vieron a un enano de rostro avejentado y arrugado y una barba blanca como la nieve de un codo de larga. La punta de la barba se había enganchado en una ranura del tronco y el pequeño saltaba de un lado a otro, igual que un perrillo atado a una cuerda, sin saber qué hacer para salir de aquella. Miró fijamente a las niñas con sus rojos ojos de fuego y exclamó:

—¿Qué hacéis ahí paradas? ¿Es que no podéis venir a ayudarme?

—¿Qué es lo que has hecho, hombrecillo? —preguntó Rosarroja.

—¡Niña tonta y curiosa! —respondió el enano—. Iba a partir ese árbol para hacer leña menuda para la cocina; con los leños grandes se nos quema enseguida la poca comida que necesitamos nosotros, que no tragamos tanto como vuestro pueblo burdo y codicioso. Había logrado clavar la cuña y todo habría salido a pedir de boca, pero el maldito tarugo era demasiado liso y se salió sin que me diera cuenta, y el árbol se desplomó tan deprisa que no pude sacar mi hermosa barba blanca, y se ha quedado ahí pillada y no puedo marcharme. ¡Ahora van y se ríen estas caras de leche estúpidas y suaves! ¡Puf! ¡Qué asquerosas que sois!

Las niñas se esforzaron todo lo que pudieron, pero no fueron capaces de sacar la barba: estaba demasiado pillada.

—Voy a ir a buscar a alguien —dijo Rosarroja.

—¡Estúpidas cabezas de chorlito! —dijo el enano con voz ronca—. ¿Para qué vais a llamar a más gente? Ya me sobráis las dos, ¿es que no se os ocurre nada mejor?

—No seas impaciente —dijo Blancanieves—, ya se nos ocurrirá algo. —Se sacó las tijeras del bolsillo y le cortó la punta de la barba.

En cuanto el enano se sintió liberado, echó mano a un saco que estaba entre las raíces del árbol y que estaba lleno de oro, lo sacó y murmuró para sus adentros:

—¡Qué gente tan bruta! ¡Cortarme un pedazo de mi hermosa barba...! ¡Que os lo agradezca el cuco!

Y diciendo esto, se echó el saco a la espalda y se marchó de allí sin siquiera volverse a mirar a las niñas.

Pasado algún tiempo, Blancanieves y Rosarroja querían pescar unos peces para comer. Al acercarse al arroyo vieron que algo parecido a un gran saltamontes iba brincando en dirección al agua, como si quisiera meterse en ella. Se acercaron y reconocieron al enano.

—¿Adónde vas? —preguntó Rosarroja—. ¡No irás a meterte en el agua...!

—No estoy tan loco —gritó el enano—. ¿Es que no lo veis? ¡El maldito pez me está arrastrando al agua!

El pequeño estaba sentado a la orilla pescando y

el viento le había enrollado la barba en el sedal justo en el momento en que un gran pez había mordido el anzuelo; el enano no era lo suficientemente fuerte como para sacarlo: el pez lo dominaba y arrastraba al enano hacia él. Este se agarraba a todas las cañas y juncos, pero no le servía de mucho, tenía que seguir los movimientos del pez y estaba en constante peligro de ser arrastrado al agua. Las niñas llegaron en el momento oportuno, lo sujetaron y trataron de soltar la barba del sedal, pero fue en vano: barba y sedal estaban completamente enredados. No quedó más remedio que coger las tijeritas y cortar la barba, con lo que se perdió un pequeño pedazo de esta. Cuando el enano lo vio, les gritó:

—¡Atolondradas! ¿Son estas formas de estropearle a uno la cara? No tenéis suficiente con haberme cortado la punta de la barba, ahora me cortáis la mejor parte. ¡No puedo presentarme así ante los míos! ¡Ojalá no hubierais tenido otro remedio que correr y os hubierais quedado sin suelas en los zapatos!

Entonces cogió un saco de perlas que estaba entre las cañas y, sin decir una palabra más, lo arrastró consigo y desapareció tras una piedra.

Aconteció que poco después de esto la madre

envió a las niñas a la ciudad a comprar hilo, agujas, lazos y cintas. El camino atravesaba un brezal por el que había dispersas grandes rocas. De repente vieron en el cielo un gran pájaro que volaba lentamente en círculo sobre ellas, descendía cada vez más y, al final, se posó no muy lejos de una de las rocas. Justo después oyeron un estridente grito de lamento. Echaron a correr y, asustadas, vieron que el águila había apresado a su viejo conocido, el enano, y se disponía a llevárselo. Las compasivas niñas sujetaron al punto al hombrecillo y pelearon con el águila hasta que esta soltó su presa. Cuando el enano se hubo recobrado del primer susto, gritó con su voz chillona:

—¿Es que no podéis tratarme con más cuidado? Habéis tirado de mi delicada chaquetita y ahora está toda hecha jirones y llena de agujeros, ¡sois un hatajo de estúpidas y torpes!

Luego cogió un saco de piedras preciosas y volvió a deslizarse al interior de su cueva. Las niñas ya estaban acostumbradas a su falta de cortesía, así que continuaron su camino e hicieron sus compras en la ciudad. Cuando, de regreso a casa, volvieron a pasar por el brezal, sorprendieron al enano, que había vaciado su saco de piedras preciosas en un claro pequeño y despejado, pues no se había imaginado que alguien pasaría por allí tan tarde. El sol del atardecer caía sobre las brillantes piedras; relucían y fulguraban tan magníficas y en todos los colores que las niñas se pararon a contemplarlas.

—¿Qué hacéis ahí papando moscas? —gritó el enano enojado, y su rostro ceniciento estaba rojo de ira.

Iba a seguir insultándolas cuando oyó un gruñido muy fuerte y un oso negro salió de entre el bosque.

Asustado, el enano se levantó de un salto, pero no podía llegar a su escondite, porque el oso estaba ya demasiado cerca. Entonces gritó, preso del miedo:

—Querido oso, perdonadme y os daré todos mis tesoros; mirad las piedras preciosas que hay ahí. Perdonadme la vida, ¿qué vais a sacar de mí, de un individuo tan pequeño y enjuto como yo? Ni siquiera me notaréis entre los dientes, pero coged a esas dos niñas perversas, esas sí que son un bocado tierno para vos, gorditas como crías de codorniz, coméoslas en el nombre de Dios.

El oso no hizo el menor caso a sus palabras, dio un único golpe con su zarpa a la malvada criatura y la dejó en el sitio.

Las niñas habían salido corriendo, pero el oso les gritó:

—¡Blancanieves y Rosarroja, no temáis, esperadme, quiero ir con vosotras!

Entonces reconocieron su voz y se detuvieron, y, cuando estuvo a su lado, se le cayó de repente la piel de oso y ante ellas vieron a un apuesto joven, vestido todo de oro.

—Soy el hijo de un rey —dijo—, el malvado enano que me había robado mis tesoros me había encantado y tenía que vagar por el bosque como un oso salvaje hasta que su muerte deshiciera el hechizo. Ahora ha recibido el castigo que merecía.

Blancanieves se casó con él y Rosarroja con su hermano y compartieron los grandes tesoros que el enano había acumulado en su cueva. La anciana madre vivió aún muchos años dichosa y en paz con sus hijas. Pero se llevó consigo los dos rosales, los plantó ante su ventana y todos los años daban las rosas más hermosas, blancas y rojas.

Milpieles

Érase una vez un rey que tenía una esposa de cabellos de oro, y era tan hermosa que no tenía igual en toda la tierra. Sucedió que un día enfermó y, como sintió que iba a morir pronto, llamó al rey y le dijo:

—Si vuelves a casarte después de mi muerte, no lo hagas con ninguna que no sea tan hermosa como yo y que no tenga los cabellos de oro que yo tengo, tienes que prometérmelo.

Una vez que el rey se lo hubo prometido, cerró los ojos y murió.

Durante mucho tiempo el rey estuvo inconsolable y no pensaba siquiera en tomar otra esposa. Al final, sus consejeros dijeron:

—No hay otra salida, el rey tiene que volver a casarse para que tengamos una reina.

Así que se enviaron mensajeros por todos los rincones a buscar una novia que se igualara en belleza a la difunta reina. Pero no pudieron encontrar ninguna en todo el mundo, e incluso si la hubieran encontrado, no había ninguna con aquellos cabellos de oro. Así pues, los mensajeros regresaron a casa sin haber cumplido su encargo.

El rey tenía una hija que sí era tan hermosa como su difunta madre y que también tenía los mismos cabellos de oro. Cuando se hubo hecho mayor, el rey la observó en una ocasión y vio que era en todo igual a su difunta esposa y, de repente, sintió un apasionado amor por ella. Entonces dijo a sus consejeros:

—Quiero casarme con mi hija, porque ella es el vivo retrato de mi esposa y, además, no puedo encontrar una novia que se le parezca.

Cuando los consejeros escucharon esto, se asustaron y dijeron:

—Dios ha prohibido que el padre se case con su hija, del pecado no puede salir nada bueno, y el reino irá con ello a la perdición.

La hija se asustó aún más al escuchar la decisión de su padre, pero esperaba hacerle desistir de su propósito.

—Antes de cumplir vuestro deseo —le dijo— habré de tener tres vestidos: uno tan dorado como el sol, otro tan plateado como la luna y otro tan brillante como las estrellas; además, deseo un abrigo hecho de mil pieles y cueros, y cada animal de vuestro reino habrá de dar para él un pedazo de su piel.

Pero ella pensaba: «Es imposible conseguir todo eso, y con ello apartaré a mi padre de sus malos pensamientos».

Pero el rey no cedió y las doncellas más hábiles de su reino tuvieron que tejer los tres vestidos: uno tan dorado como el sol, otro tan plateado como la luna y otro tan brillante como las estrellas. Y sus cazadores tuvieron que apresar a todos los animales del reino y quitarles un pedazo de su piel: con él hicieron un abrigo de mil pieles. Finalmente, cuando todo estuvo listo, el rey mandó traer el abrigo, lo extendió ante ella y dijo:

—Mañana será la boda.

Cuando la hija del rey vio que no había esperanza alguna de hacer cambiar de idea a su padre, tomó la decisión de huir. De noche, mientras todos dormían, se levantó y cogió tres de sus tesoros: un anillo de oro, una pequeña rueca de oro y una devanadera de oro. Metió los tres vestidos del sol, la luna y las estrellas en una cáscara de nuez, se puso el abrigo de mil pieles y se tiznó la cara y las manos con hollín. Luego se encomendó a Dios y se marchó, y anduvo toda la noche, hasta que llegó a un gran bosque. Y como estaba cansada, se sentó en un árbol hueco y se durmió.

Salió el sol y ella seguía durmiendo, y continuaba durmiendo cuando fue ya pleno día. Entonces aconteció que el rey al que pertenecía ese bosque estaba cazando en él. Cuando sus perros llegaron al árbol, lo olisquearon y empezaron a ladrar corriendo a su alrededor. El rey dijo a los cazadores:

—Mirad a ver qué animal se ha escondido ahí.

Los cazadores obedecieron la orden y, cuando regresaron, dijeron:

—En el árbol hueco hay un animal tan extraño como no hemos visto otro igual: su cuerpo tiene mil pieles, pero está echado y duerme.

—Mirad a ver —dijo el rey— si podéis atraparlo vivo; luego atadlo al carro y traedlo.

Cuando los cazadores apresaron a la muchacha, esta se despertó aterrada y les suplicó:

—Soy una pobre niña, abandonada por su padre

y su madre, apiadaos de mí y llevadme con vosotros.

—Milpieles, servirás para la cocina, ven con nosotros, podrás barrer la ceniza.

Así pues, la sentaron en el carro y se la llevaron al palacio real. Allí le dieron un cuchitril debajo de la escalera, al que no llegaba la luz del sol, y dijeron:

—Animalito de mil pieles, ahí puedes vivir y dormir.

Luego la mandaron a la cocina; allí llevaba la leña y el agua, atizaba el fuego, desplumaba las aves, limpiaba las verduras, barría la ceniza y hacía todo el trabajo ingrato.

Milpieles vivió así, muy pobremente, durante mucho tiempo. ¡Ay, hermosa hija del rey! ¿Qué va a ser de ti? Pero ocurrió que en una ocasión en que se celebraba una fiesta en palacio, le dijo al cocinero:

—¿Puedo subir y mirar un poco? Me quedaré fuera, delante de la puerta.

—Sí, ve —respondió el cocinero—, pero tienes que estar de vuelta dentro de media hora para recoger la ceniza.

Entonces cogió su lamparita de aceite, se dirigió a su cuchitril, se quitó el abrigo de pieles y se lavó el hollín de la cara y las manos, con lo que su belleza volvió a salir a la luz. Después abrió la nuez y sacó su vestido, que relucía como el sol. Y una vez hecho esto, subió a la fiesta y todos le cedían el paso, pues nadie la conocía y no pensaban otra cosa más que era la hija de un rey. Pero el rey le salió al encuentro, le tendió la mano y bailó con ella pensando en lo más profundo de su corazón: «Mis ojos no han visto jamás a ninguna mujer tan hermosa». Cuando terminó el baile, ella se inclinó y, cuando el rey miró a su alrededor, había desaparecido, y nadie sabía adónde había ido. Llamó a los guardias que estaban ante el palacio y les preguntó, pero ninguno la había visto.

Ella se había ido corriendo a su cuchitril, se había quitado rápidamente el vestido, se había tiznado la cara y las manos, se había puesto el abrigo de pieles y ya era otra vez Milpieles. Cuando luego llegó a la cocina y se disponía a hacer su trabajo y recoger la ceniza, dijo el cocinero:

—Déjalo hasta mañana y hazme la sopa del rey, yo también quiero subir a mirar un poco; pero no dejes que se te caiga ningún pelo, de lo contrario no volverás a comer pan en el futuro.

El cocinero se marchó y Milpieles hizo la sopa del rey, y cocinó lo mejor que supo una sopa de pan, y cuando terminó cogió de su cuchitril su anillo de oro y lo metió en la fuente en la que había preparado la sopa. Cuando terminó el baile, el rey mandó que le llevaran la sopa y se la comió, y le supo tan bien que pensó que nunca había comido una sopa mejor. Pero, cuando llegó al fondo del plato, vio en él un anillo de oro y no pudo comprender cómo había llegado hasta allí. Entonces mandó que llevaran al cocinero a su presencia. El cocinero se asustó al oír la orden y le dijo a Milpieles:

—Seguro que se te ha caído un pelo en la sopa; como sea verdad, te voy a moler a palos.

Cuando estuvo ante el rey, este le preguntó quién había hecho la sopa. El cocinero respondió:

—La he hecho yo.

Pero el rey replicó:

—Eso no es verdad, porque estaba hecha de otra manera y sabía mucho mejor que de costumbre.

—He de confesar —respondió este— que no la he hecho yo, sino el animalillo salvaje.

—Ve y dile que suba —dijo el rey.

Cuando Milpieles se presentó ante él, el rey le preguntó:

—¿Y tú quién eres?

—Soy una pobre niña que no tiene ya ni padre ni madre.

—¿Y qué haces en mi palacio? —continuó preguntando.

—No sirvo para nada bueno —respondió—, solo para que me tiren las botas a la cabeza.

—¿De dónde has sacado el anillo que estaba en la sopa? —continuó preguntando.

—No sé nada del anillo —respondió.

Así pues, el rey no pudo aclarar nada y tuvo que decirle que se fuera.

Pasado algún tiempo volvió a celebrarse una fiesta y Milpieles, igual que la otra vez, pidió permiso al cocinero para que la dejara ir a mirar. Este respondió:

—Sí, pero vuelve dentro de media hora y hazle al rey la sopa de pan que tanto le gusta.

Entonces se fue corriendo a su cuchitril, se lavó a toda velocidad y sacó de la nuez el vestido que era tan plateado como la luna, y se lo puso. Luego subió y parecía la hija de un rey; y el rey le salió al encuentro y se alegró de volver a verla y, como en ese momento empezaba el baile, bailaron juntos. Pero cuando acabó el baile, ella volvió a desaparecer tan rápido que el rey no pudo percatarse de adónde iba. Pero ella fue corriendo a su cuchitril, volvió a transformarse en el animalillo salvaje y fue a la cocina para hacer la sopa de pan. Cuando el cocinero estuvo arriba, cogió la rueca de oro y la metió en la fuente, de manera que preparó la sopa encima de ella. Luego se la llevaron al rey, que se la comió y le supo tan bien como la vez anterior, y mandó llamar al cocinero, que también tuvo que confesar esta vez que Milpieles había hecho la sopa. Milpieles se presentó de nuevo ante el rey, pero respondió que ella solo estaba allí para que le tiraran las botas a la cabeza y que no sabía nada de la pequeña rueca de oro.

Cuando el rey organizó una fiesta por tercera vez, todo aconteció igual que las otras veces. Pero el cocinero dijo:

—Eres una bruja, animalillo, y siempre echas algo en la sopa para que esté tan buena y al rey le sepa mejor que la que yo hago.

Pero como se lo pidió con tanta insistencia, también en esta ocasión dejó que fuera un rato. Entonces se puso el vestido que brillaba como las estrellas y entró con él en el salón. El rey volvió a bailar con la hermosa doncella y pensó que nunca jamás había estado tan bella. Y, mientras bailaba, sin que ella se diera cuenta, le puso en el dedo un anillo de oro, y había ordenado que el baile durase mucho. Cuando se acabó, trató de sujetarla por la mano, pero ella se soltó y se metió tan deprisa entre la gente que desapareció de su vista. Ella echó a correr tan rápido como pudo en dirección a su cuchitril bajo la escalera, pero como se había quedado allí demasiado, más de media hora, no pudo quitarse el hermoso vestido, sino que se echó el abrigo de pieles encima y, con las prisas, no se tiznó del todo, sino que un dedo se le quedó blanco. Milpieles fue a la cocina, hizo al rey la sopa de pan y, cuando el cocinero se hubo marchado, metió en ella la devanadera de oro. Cuando el rey encontró la devanadera en el fondo, mandó llamar a Milpieles; entonces vio el dedo blanco y el anillo que él le había puesto en el baile. Así que la cogió de la mano y la sujetó y, como ella trató de soltarse y marcharse corriendo, se le abrió un poco el abrigo de pieles y se vio brillar el vestido de estrellas. El rey cogió el abrigo y se lo quitó. Entonces quedaron al descubierto los cabellos de oro y ella quedó allí en todo su esplendor y ya no pudo seguir ocultándose. Y cuando se quitó de la cara el hollín y la ceniza, era más hermosa que cualquier otra que se hubiera visto jamás en la tierra. Y el rey dijo:

—Eres mi novia querida y no nos separaremos jamás.

Tras esto se celebró la boda y vivieron felices hasta su muerte.

Hans el suertudo

Hans había servido a su señor durante siete años, entonces le dijo:

—Señor, mi tiempo se ha cumplido, ahora me gustaría volver a casa con mi madre, dadme mi sueldo.

El señor respondió:

—Me has servido leal y honradamente; como ha sido el servicio ha de ser la recompensa. —Y le dio una pieza de oro tan grande como la cabeza de Hans.

Hans sacó su pañuelito del bolsillo, envolvió en él el tarugo, se lo echó al hombro y se puso en camino hacia su casa. Mientras caminaba así, echando un pie tras otro, divisó a un jinete que cabalgaba todo fresco y alegre sobre un caballo muy ágil.

—¡Ay! —dijo Hans muy alto—. ¡Qué cosa tan

linda es cabalgar! Uno va sentado como en una silla, no se tropieza con ninguna piedra, se ahorra las suelas de los zapatos y avanza sin saber cómo.

El jinete, que había escuchado esto, se detuvo y dijo:

—Caramba, Hans, ¿por qué vas andando?

—No me queda otro remedio —respondió este—, tengo que llevar a casa un tarugo, es oro, pero no puedo mantener la cabeza tiesa y, además, me pesa en los hombros.

—¿Sabes qué? —dijo el jinete—. Vamos a cambiar: yo te doy mi caballo y tú me das tu tarugo.

—De todo corazón —dijo Hans—, pero os digo que tendréis que arrastraros con él.

El jinete desmontó, cogió el oro y ayudó a Hans a montar, le sujetó las riendas en la mano y dijo:

—Si quieres que vaya muy rápido, tienes que chasquear la lengua y gritar «arre, arre».

Hans se sintió de lo más dichoso al verse sentado en el caballo cabalgando tranquilamente. Al cabo de un rato se acordó de que podía ir más deprisa y empezó a chasquear la lengua y a decir «arre, arre». El caballo aceleró el trote y, antes de que pudiera darse cuenta, lo había tirado y estaba en una zanja que separaba los campos del camino. El caballo se habría escapado si un labrador que venía por el camino con una vaca no lo hubiera detenido. Hans se recompuso y volvió a ponerse en pie. Pero estaba disgustado y le dijo al campesino:

—Esto de cabalgar no tiene gracia, sobre todo cuando da uno con un penco como este, que tropieza y lo tira a uno al suelo para que se rompa el cuello, jamás volveré a montarme en él. Me agrada más vuestra vaca: uno puede ir tranquilamente tras ella y, además, seguro que da leche, mantequilla y queso todos los días. ¡Lo que daría si tuviera una vaca así!

—Bueno —dijo el campesino—, para daros gusto os cambiaré la vaca por el caballo.

Hans accedió con gran alegría, el campesino se subió al caballo y se marchó a toda velocidad.

Hans llevaba a su vaca tranquilamente delante de él, pensando en el buen trato que había hecho. «Si tengo un pedazo de pan, y eso no me va a faltar nunca, podré comer con él queso y mantequilla tantas veces como quiera; si tengo sed, ordeñaré mi vaca y beberé leche. Corazón mío, ¿qué más quieres?» Al llegar a una posada, se detuvo, comió con la mayor de las alegrías todo lo que llevaba consigo, su almuerzo y su cena, y, con los últimos cuartos que le quedaban, pidió medio vaso de cerveza. Luego siguió llevando a la vaca, siempre en dirección al pueblo de su madre. El calor era sofocante a medida que se acercaba el mediodía y Hans llevaba ya casi una hora atravesando un brezal. Tenía mucho calor y, de pura sed, la lengua se le pegaba al paladar. «Esto tiene remedio —pensó Hans—, voy a ordeñar mi vaca y me refrescará con la leche.» La ató a un árbol seco y, como no tenía cubo, puso debajo su gorra de cuero, pero por mucho que se esforzó, no salió una sola gota. Y como tenía tan poca habilidad, el animal, impaciente, acabó por darle con la pata trasera un golpe tal en la cabeza que se cayó al suelo y durante un rato no supo ni dónde estaba. Afortunadamente venía en ese momento por el camino un carnicero que llevaba un lechón en una carretilla.

—¿Qué bromas son esas? —gritó mientras ayudaba al bueno de Hans.

Hans le contó lo que había sucedido. El carnicero le alcanzó su botella y dijo:

—Tomad, bebed un poco y recuperaos. Seguro que la vaca no da leche, es un animal viejo que, a lo sumo, sirve para tirar de un carro o para el matadero.

—¡Ay, ay! —exclamó Hans atusándose los cabellos—. ¿Quién lo habría imaginado? Estaría bien si pudiera uno matar en casa a un animal como este, con la cantidad de carne que da. Pero a mí no me gusta mucho la carne de vaca, no me resulta jugosa. ¡Quién tuviera un lechón como ese! Sabe diferente, y además están las salchichas...

—Escuchad, Hans —dijo el carnicero—, solo por vos estoy dispuesto a cambiarlo y os dejaré el cerdo en lugar de la vaca.

—Dios os recompense vuestra amistad —dijo Hans, le dio la vaca y dejó que el otro soltara el lechón de la carreta a la que iba atado y se lo diera.

Hans continuó andando y pensando en que todo le salía a pedir de boca, pues si le sucedía una contrariedad, al instante se solucionaba. Poco después se le unió un joven que llevaba bajo el brazo un hermoso ganso. Caminaron juntos y Hans empezó a hablarle de su suerte y de cómo había hecho siempre trueques muy ventajosos. El joven le contó que llevaba el ganso para el banquete de un bautizo.

—Cogedlo —continuó diciendo al tiempo que lo agarraba por las alas— y veréis lo que pesa, lo han estado cebando ocho semanas. Quien se coma el asado tendrá que limpiarse la grasa por toda la boca.

—Sí —dijo Hans tanteando el peso con una mano—, sí que pesa, pero mi lechón tampoco es ninguna porquería.

Entretanto el joven miraba a su alrededor muy pensativo meneando la cabeza.

—Escuchad —empezó a decir—, es posible que lo de vuestro cerdo no esté del todo claro. En el pueblo por el que he venido acaban de robarle al alcalde uno del establo. Me temo que lo tenéis en la mano. Han enviado a gente a buscarlo y sería un mal negocio si os pillaran con el cerdo: lo de menos sería que acabarais en el calabozo.

Al bueno de Hans le entró miedo:

—¡Ay, Dios mío! —dijo—. Sacadme de este apuro, seguro que conocéis los alrededores mejor que yo, tomad mi cerdo y dejadme el ganso.

—Yo también tendré que correr un riesgo —respondió el joven—, pero no quiero tener la culpa de que os ocurra una desgracia.

Así pues, cogió la cuerda y se llevó rápidamente el cerdo por un camino lateral, y el bueno de Hans, libre de sus penas, continuó andando en dirección a su casa con el ganso bajo el brazo. «Pensándolo bien —dijo para sí mismo—, he salido ganando con el cambio: primero el buen asado, luego el montón de grasa que saldrá de él que nos dará pan con sebo para tres meses y, por último, las hermosas plumas blancas con las que rellenaré mi almohada, y en ella dormiré plácidamente. ¡Cómo se va a alegrar mi madre!»

Cuando hubo atravesado el último pueblo, vio a un afilador con su carro, su rueda zumbaba y él cantaba al compás:

Mientras la tijera afilo,
la rueda rápido giro,
cualquier oportunidad
yo la sé aprovechar.

Hans se detuvo y se quedó observándolo; finalmente se dirigió a él y dijo:

—Veo que os va bien, pues os divierte estar ahí afilando.

—Sí —respondió el afilador—, este oficio es de oro. Un buen afilador es un hombre que, en cuanto echa mano al bolsillo, encuentra dinero en él. Pero ¿dónde habéis comprado ese ganso tan hermoso?

—No lo he comprado, lo he cambiado por un lechón.

—¿Y el lechón?

—Me lo dieron por una vaca.

—¿Y la vaca?

—Me la dieron por un caballo.

—¿Y el caballo?

—Por él di a cambio un tarugo de oro tan grande como mi cabeza.

—¿Y el oro?

—Uf, eso fue mi paga por siete años de servicio.

—Habéis sabido apañároslas bien siempre —dijo el afilador—, si conseguís oír saltar el dinero en la bolsa cuando os levantéis, habréis hecho vuestra fortuna.

—¿Y qué tengo que hacer para eso? —dijo Hans.

—Tenéis que haceros afilador como yo; para eso no se necesita más que una piedra de afilar, lo otro viene solo. Yo tengo una, está un poco estropeada, a cambio no tendréis que darme más que vuestro ganso, ¿la queréis?

—¿Cómo me lo preguntáis? —respondió Hans—. Voy a ser el hombre más feliz de la tierra: si tengo dinero cada vez que eche mano a la bolsa, ¿de qué tendré que preocuparme? —Le dio el ganso y cogió la piedra de afilar.

—Bueno —dijo el afilador mientras cogía una pesada piedra de lo más corriente que había a su lado—, aquí tenéis otra buena piedra, en la que podéis golpear muy bien y enderezar vuestros viejos clavos. Cogedla y guardadla bien.

Hans cargó la piedra y, satisfecho, siguió su camino, los ojos le brillaban de pura alegría:

—Debo de haber nacido de pie —exclamó—, todo lo que deseo me sale a la perfección, como aquel que tiene estrella.

Entretanto, como llevaba caminando desde el amanecer, empezó a sentirse cansado; también tenía mucha hambre, pues se había comido todas sus provisiones de un golpe con la alegría del negocio de la vaca. Al final le costaba mucho andar y tenía que pararse a cada momento; además las piedras le pesaban hasta la extenuación. Entonces no pudo evitar pensar lo bueno que sería no tener que cargar con ellas en ese momento. A paso de tortuga llegó hasta un pozo que había en el campo; allí se dispuso a descansar y a refrescarse con agua fresca y, para no dañar las piedras al sentarse, las dejó con cuidado en el brocal. Después se sentó y se inclinó para beber, pero no se dio cuenta y las empujó un poco, y las dos piedras se cayeron al fondo. Hans, al verlas hundirse en las profundidades con sus propios ojos, saltó loco de alegría, luego se arrodilló y dio gracias a Dios con lágrimas en los ojos por haberle concedido también esa gracia y haberlo librado de las pesadas piedras, que era lo único que le molestaba, de una forma tan buena y sin que él tuviera que hacerse reproches.

—Tan dichoso como yo —dijo en voz alta— no hay nadie bajo el sol.

Con el corazón ligero y libre de toda carga echó a correr sin parar hasta que se halló en casa de su madre.

Los zapatos gastados de tanto bailar

Érase un rey que tenía doce hijas, a cual más hermosa. Dormían todas juntas en una habitación, con sus camas unas junto a otras, y por la noche, cuando estaban acostadas, el rey cerraba la puerta y echaba el cerrojo. Pero por la mañana, cuando abría la puerta, veía que sus zapatos estaban gastados de bailar, y nadie era capaz de averiguar cómo había podido ocurrir. Entonces el rey hizo saber que el que consiguiera averiguar dónde bailaban por la noche podría escoger a una de ellas por esposa y, tras su muerte, se convertiría en rey; pero el que se presentara y, al cabo de tres días y tres noches, no lo hubiera averiguado perdería la vida. No tardó mucho tiempo en presentarse un príncipe, que se ofreció a correr el riesgo. Lo recibieron muy bien y, por la noche, lo llevaron a una habitación contigua al dormitorio. Su cama estaba allí preparada, y él tenía que prestar atención y ver dónde iban a bailar, y para que no pudieran hacer nada a escondidas o salir por otro lugar, habían dejado también abierta la puerta del salón. Pero al hijo del rey los párpados le pesaban como el plomo y se durmió, y cuando despertó por la mañana, las doce habían ido a bailar, porque los zapatos tenían agujeros en las suelas. La segunda y la tercera noche sucedió lo mismo, y le cortaron la cabeza sin piedad. Luego vinieron otros muchos que se presentaron para aquella hazaña, pero todos dejaron allí su vida.

Aconteció entonces que un pobre soldado que tenía una herida y ya no podía servir más como tal se encontraba de camino a la ciudad en la que vivía el rey. Se encontró con una anciana que le preguntó adónde iba:

—Ni yo mismo lo sé —dijo, y añadió de broma—: Me encantaría averiguar dónde gastan las hijas del rey sus zapatos bailando y luego convertirme en rey.

—Eso no es tan difícil —dijo la anciana—, no bebas el vino que te lleven por la noche y haz como si estuvieras dormido. —Luego le dio una capita y añadió—: Si te la pones, serás invisible y podrás seguirlas a todas.

Una vez recibido tan buen consejo, el soldado se lo tomó en serio, de manera que sacó fuerzas, se presentó ante el rey y se anunció como pretendiente. Lo recibieron igual de bien que a los otros y le pusieron vestiduras reales. Por la noche, a la hora de dormir, lo llevaron a la antesala y, cuando se disponía a acostarse, vino la mayor a traerle una copa de vino, pero él se había colocado una esponja bajo la barbilla, dejó que el vino cayera en ella y no bebió una sola gota. Luego se acostó y, cuando llevaba ya un ratito tumbado, empezó a roncar como si durmiera profundamente. Las doce hijas del rey lo oyeron, se rieron, y la mayor dijo:

—Este también se podría haber ahorrado la vida.

Luego se levantaron, abrieron armarios, arcones y baúles y sacaron unos trajes majestuosos; se engalanaron delante de los espejos, brincaron por la habitación y se alegraron de ir al baile. Pero la pequeña dijo:

—No sé, vosotras os alegráis, pero yo siento algo raro, seguro que nos ocurre alguna desgracia.

—Eres como un ganso blanco —replicó la

mayor—, que siempre tiene miedo. ¿Acaso has olvidado ya cuántos hijos de reyes han pasado por aquí en vano? Al soldado no hubiera tenido ni que darle un bebedizo, el muy zafio ni se habría despertado.

Cuando todas estuvieron listas fueron primero a ver al soldado, pero este había cerrado los ojos, no se movió ni se alteró, y ellas creyeron así estar muy seguras. Entonces la mayor se acercó a su cama y dio un golpe en ella: al instante se hundió en la tierra y ellas bajaron por la abertura, una tras otra, la mayor delante. El soldado, que lo había visto todo, no dudó un instante, se puso la capita y bajó detrás de la menor. En mitad de la escalera le pisó un poco el vestido; entonces ella se asustó y exclamó:

—¿Qué es esto? ¿Quién me está tirando del vestido?

—No seas ingenua —dijo la mayor—, te habrás enganchado en un clavo.

Luego descendieron del todo y, cuando estuvieron abajo, se encontraron en una maravillosa avenida de árboles en la que todas las hojas eran de plata y relucían y brillaban. El soldado pensó: «Vas a llevarte algo de prueba», y cortó una rama, pero del árbol salió un enorme crujido. La menor volvió a decir:

—Esto no está bien, ¿habéis oído el crujido?

La mayor dijo:

—Son disparos de alegría, porque pronto habremos liberado a nuestros príncipes.

Luego llegaron a una alameda, en la que las hojas eran de oro, y, finalmente, a una tercera, en la que eran de transparente diamante; de ambas cortó él una rama en cada ocasión y sonó un crujido tal que la pequeña se estremeció del susto, pero la mayor siguió insistiendo en que eran disparos de alegría. Continuaron andando y llegaron a un gran río en el que había doce barquitos y en cada uno de ellos un apuesto príncipe, las estaban esperando y cada uno se llevó a una consigo, pero el soldado se sentó con la más pequeña. Entonces dijo el príncipe:

—No sé, hoy el barco pesa más y tengo que remar con todas mis fuerzas para poder avanzar.

—No puede ser por otra cosa —dijo la joven— que por el tiempo tan caluroso, yo también siento hoy mucho calor.

En la otra orilla había un hermoso palacio, todo iluminado, del que salía una música muy amena, con timbales y trompetas. Remaron hasta el otro lado, entraron y cada príncipe bailó con su amada; el soldado bailó sin que lo vieran y cuando alguna tenía en la mano una copa de vino, él se la bebía entera, de manera que estaba vacía cuando ellas se la llevaban a la boca; y la pequeña también sintió miedo al ver esto, pero la mayor siempre la hacía callar. Estuvieron bailando hasta las tres de la madrugada, cuando todos los zapatos estuvieron gastados de bailar y tuvieron que dejarlo. Los príncipes volvieron a atravesar el río con ellas y, en esta ocasión, el soldado se sentó delante con la mayor. En la orilla se despidieron de sus príncipes y prometieron regresar a la noche siguiente. Cuando estuvieron en la escalera, el soldado se les adelantó y se tumbó en la cama, y cuando las doce hubieron llegado arriba, a paso corto, despacio y cansadas como estaban, él ya estaba roncando tan alto que todas pudieron oírlo y dijeron:

—Con este estamos seguras.

Entonces se quitaron los hermosos vestidos, los guardaron, colocaron los zapatos gastados bajo la cama y se acostaron. A la mañana siguiente el soldado no quiso decir nada, pues quería volver a ver aquellas maravillas, y la segunda noche y la tercera volvió a ir con ellas. Todo sucedió como la primera noche y en cada ocasión bailaron hasta que los zapatos estuvieron rotos. Pero la tercera noche cogió una copa como prueba. Cuando hubo llegado la hora en la que tenía que dar su respuesta, se guardó las tres ramas y la copa y fue a ver al rey; las doce jóvenes, por su parte, se colocaron detrás de la puerta para oír lo que iba a decir. Cuando el rey preguntó:

—¿Dónde han gastado mis hijas sus zapatos bailando de noche?

Él respondió:

—Con doce príncipes en un palacio que está bajo tierra. —Y contó cómo había sucedido todo y sacó las pruebas.

Entonces el rey mandó llamar a sus hijas y les preguntó si el soldado había dicho la verdad y, como vieron que las había descubierto y que negarlo no serviría de nada, tuvieron que confesarlo todo. Tras esto el rey le preguntó a cuál de ellas quería por esposa. Él respondió:

—Ya no soy joven, así que dadme a la mayor.

Ese mismo día se celebró la boda y se le prometió el reino tras la muerte del rey. Y los príncipes quedaron condenados de nuevo, tantos días como noches habían bailado con las doce princesas.

El campesino y el diablo

Érase una vez un campesinillo listo y pícaro, sobre cuyas travesuras habría mucho que contar, pero la historia más bonita es cómo una vez le tomó el pelo al diablo y se burló de él.

Un día el campesinillo había labrado su campo y se preparaba para ir a casa al anochecer. Entonces divisó en mitad de sus tierras un montón de carbón ardiendo y cuando, perplejo, se dirigió hacia él, vio sentado sobre las ascuas a un diablillo negro.

—¿Acaso estás sentado encima de un tesoro? —preguntó el campesinillo.

—Por supuesto —respondió el diablo—, sobre un tesoro que tiene más oro y más plata del que jamás has visto en tu vida.

—El tesoro está en mi tierra y me pertenece —dijo el campesino.

—Será tuyo —respondió el diablo— si durante dos años me das la mitad de lo que produzca tu campo; dinero tengo suficiente, pero deseo los frutos de la tierra.

El campesino aceptó el trato.

—Para que no haya ninguna disputa a la hora de repartir —dijo—, será tuyo lo que esté por encima de la tierra y mío lo que esté debajo.

Al diablo aquello le gustó mucho, pero el astuto campesinillo había sembrado nabos. Cuando llegó la hora de la cosecha, el diablo se presentó para recoger sus frutos, pero no encontró más que las hojas amarillas y marchitas, y el campesinillo, muy complacido, sacó todos los nabos.

—Por esta vez has tenido ventaja —dijo el diablo—, pero para la próxima esto no valdrá. Será tuyo lo que crezca por encima de la tierra y mío lo que esté debajo.

—Me parece bien —respondió el campesino.

Pero cuando llegó la hora de la siembra, el campesino no sembró otra vez nabos, sino trigo. El grano maduró, el campesino fue al campo y cortó todas las espigas, bien cargadas, hasta ras de tierra.

Cuando llegó el diablo no halló más que los rastrojos y, furioso, se hundió en la grieta de una roca.

—Así es como hay que tratar a los pillos —dijo el campesinillo, y fue a recoger el tesoro.

Rumpelstiltskin

Érase una vez un molinero pobre que tenía, sin embargo, una hermosa hija. Aconteció entonces que tuvo ocasión de hablar con el rey y, para darse importancia, le dijo:

—Tengo una hija que puede hilar la paja en oro.

—¡Ese es un arte que me agrada mucho! —dijo el rey al molinero—. Si tu hija es tan habilidosa como dices, tráela mañana a mi palacio, la pondré a prueba.

Cuando llevaron a la joven a su presencia, el rey la condujo a una habitación que estaba llena de paja, le dio una rueca y una devanadera y dijo:

—Ahora ponte a trabajar, y si de esta noche a mañana por la mañana no has hilado esta paja en oro, morirás.

Después cerró él mismo la habitación y la dejó sola dentro.

Allí estaba ahora la pobre hija del molinero sin saber qué hacer para salvar su vida: no sabía en absoluto cómo hilar la paja en oro y su miedo era cada vez mayor, de manera que acabó por echarse a llorar. Entonces, de repente, se abrió la puerta, entró un hombrecillo y dijo:

—¡Buenas noches, joven molinera, ¿por qué lloráis tanto?!

—Ay —contestó la muchacha—, tengo que hilar paja en oro y no sé cómo hacerlo.

—¿Qué me das si te la hilo yo? —respondió el hombrecillo.

—Mi collar —dijo la muchacha.

El hombrecillo cogió el collar, se sentó a la ruequecilla y, zis, zis, zas, estirando tres veces, la bobina se llenó. Luego metió otra y, zis, zis, zas, estirando tres veces, la segunda bobina también se llenó, y continuó así hasta llegar la mañana: entonces la paja estaba ya toda hilada y todas las bobinas llenas de oro. Al salir el sol vino el rey y, al ver el oro, se quedó perplejo y se alegró, pero su corazón se volvió más codicioso. Hizo llevar a la hija del molinero a otra habitación llena de paja, que era mucho más grande, y le ordenó que la hilara también en una noche si apreciaba en algo su vida. La muchacha no sabía qué hacer y empezó a llorar; entonces volvió a abrirse la puerta y el hombrecillo apareció y dijo:

—¿Qué me das si te hilo la paja en oro?

—El anillo de mi dedo —respondió la muchacha.

El hombrecillo cogió el anillo, empezó otra vez a zumbarle a la rueca y al llegar la mañana había hilado toda la paja en reluciente oro. El rey se alegró sobremanera al verlo, pero todavía no se había hartado de oro, así que mandó llevar a la hija del molinero a una habitación aún mucho mayor llena de paja y le dijo:

—Tienes que hilarla también esta noche, pero si lo consigues, serás mi esposa.

«Aunque sea la hija de un molinero —pensó—, no voy a encontrar otra mujer más rica en el mundo.»

Cuando la muchacha se quedó sola, el hombrecillo volvió por tercera vez y dijo:

—¿Qué me das si te hilo la paja también esta vez?

—No tengo nada más que pueda darte —respondió la muchacha.

—Entonces prométeme que me darás a tu primer hijo cuando seas reina.

«Quién sabe las cosas que pueden pasar», pensó la hija del molinero y, presa del apuro, no supo cómo salir de él: así pues, le prometió al hombrecillo lo que pedía y, a cambio, el hombrecillo volvió a hilar la paja en oro. Y cuando el rey llegó por la mañana y lo encontró todo tal como había deseado, se casó con ella y la hermosa hija del molinero se convirtió en reina.

Al cabo de un año dio a luz a un precioso niño y ni siquiera se acordaba ya del hombrecillo; entonces, este entró de repente en su cuarto y dijo:

—Ahora dame lo que me has prometido.

La reina se asustó y le ofreció todas las riquezas del reino si le dejaba a su hijo, pero el hombrecillo dijo:

—No, prefiero algo vivo a todos los tesoros del mundo.

Y la reina empezó a lamentarse y a llorar de tal forma que el hombrecillo se apiadó de ella.

—Te doy tres días —dijo—; si para entonces sabes mi nombre, podrás quedarte con tu hijo.

Ella se pasó toda la noche pensando en todos los nombres que había oído en alguna ocasión y envió a un mensajero por todo el país para que se informase por todos los rincones de los nombres que había. Cuando al día siguiente llegó el hombrecillo, ella empezó con los de Melchor, Gaspar, Baltasar y dijo todos los nombres que sabía, uno tras otro, pero a cada uno el hombrecillo decía:

—No me llamo así.

El segundo día mandó preguntar por las cercanías cómo se llamaba la gente por allí, y le dijo al hombrecillo nombres muy raros y poco habituales:

—¿Te llamas acaso Carrasclás, Pantaleón o Patalambre?

Pero siempre respondía:

—No me llamo así.

Al tercer día, el mensajero regresó y le contó:

—No he encontrado un solo nombre nuevo, pero al llegar a lo alto de un monte en un lejano recodo del bosque, vi una casita y, delante de ella, ardía un fuego, y alrededor de las llamas daba saltos un hombrecillo muy ridículo, que brincaba sobre una pierna y gritaba:

Hoy hago el pan, mañana la cerveza,
pasado mañana voy por el hijo de la reina,
¡ay, ay, qué bien que nadie pueda saber
que mi nombre Rumpelstiltskin es!

Ya os podéis imaginar lo contenta que se puso la reina al oír el nombre y cuando poco después entró el hombrecillo y preguntó:

—Bueno, señora reina, ¿cómo me llamo?

Ella preguntó primero:

—¿Te llamas Kunz?

—No.

—¿Te llamas acaso Rumpelstiltskin?

—Eso te lo ha dicho el diablo, eso te lo ha dicho el diablo —chilló el hombrecillo, y, de pura rabia, dio un golpe tan fuerte en el suelo con el pie derecho que se hundió hasta la cintura; luego, lleno de rabia, se agarró el pie izquierdo con ambas manos y se partió a sí mismo en dos.

El rey sapo o el fiel Enrique

En tiempos remotos, en los que un deseo todavía servía para algo, vivía un rey cuyas hijas eran todas muy hermosas, pero la pequeña lo era tanto que el mismo sol, que había visto tantísimas cosas, se maravillaba cada vez que brillaba sobre su rostro. Cerca del palacio del rey había un gran bosque sombrío, y allí, bajo un viejo tilo, había un estanque. Los días de mucho calor, la hija del rey iba al bosque y se sentaba al borde del refrescante estanque, y cuando se aburría, cogía una bola de oro, la lanzaba a lo alto y volvía a atraparla; ese era su juguete favorito.

Un día aconteció que la bola de oro de la hija del rey no cayó en la manita que tenía en alto, sino en el suelo y, rodando, fue a parar al agua. La hija del rey la siguió con la mirada, pero la bola desapareció y el estanque era tan profundo, tan profundo, que no se veía el fondo. Entonces empezó a llorar, cada vez más y más, incapaz de encontrar consuelo. Y mientras se lamentaba de esta manera, alguien la llamó:

—¿Qué te sucede, hija del rey? Gritas tanto que hasta las piedras se apiadarían de ti.

Se volvió hacia el lugar de donde procedía la voz y vio a un sapo que sacaba su cabeza gorda y fea de entre las aguas.

—Ah, eres tú, viejo pisacharcas —dijo—, lloro por mi bola de oro, que se me ha caído en el estanque.

—Tranquilízate y no llores —contestó el sapo—, seguro que puedo remediarlo, pero ¿qué me darás tú a cambio si te devuelvo tu juguete?

—Lo que desees, querido sapo —dijo—, mis ropas, mis perlas y piedras preciosas, incluso la corona de oro que llevo puesta.

—Ni tus ropas, ni tus perlas ni tus piedras preciosas, ni siquiera tu corona de oro me gustan —respondió el sapo—, pero si me trataras con cariño, y yo fuera tu amigo y tu compañero de juegos, y pudiera sentarme a tu lado en tu mesita, comer de tu platito de oro, beber de tu vasito y dormir en tu camita, si me prometes todo esto, entonces bajaré al estanque y te subiré la bola de oro.

—Ay, sí —dijo ella—, te prometo todo lo que quieras si me vuelves a traer la bola.

Sin embargo, pensaba: «Qué bobadas dice este sapo tan ingenuo, él vive en el agua croando con los suyos y no puede ser amigo de ningún ser humano».

El sapo, en cuanto ella le dijo que sí, sumergió la cabeza, se zambulló y, al cabo de un ratito, volvió a salir a la superficie con la bola en la boca y la dejó en la hierba. La hija del rey se alegró sobremanera al volver a ver su querido juguete, lo cogió y se marchó corriendo.

—Espera, espera —gritó el sapo—, llévame contigo, yo no puedo correr tan deprisa como tú.

Pero ¿de qué le sirvió gritar «croac, croac» todo lo alto que pudo? Ella no le escuchó, se fue corriendo a casa y rápidamente se olvidó del pobre sapo, que tuvo que volver a su estanque.

Al día siguiente, cuando ya se había sentado a la mesa con el rey y los demás cortesanos y estaba comiendo en su platito de oro, algo empezó a subir a rastras por la escalera de mármol, chip, chap, chip, chap, y, cuando hubo llegado arriba, llamó a la puerta y gritó:

—Hija del rey, jovencita, ábreme.

Ella fue corriendo a ver quién estaba fuera y, al

abrir la puerta, allí estaba plantado el sapo. Entonces cerró a toda prisa, volvió a sentarse a la mesa y le entró mucho miedo. El rey se dio cuenta de que el corazón de su hija latía muy deprisa y dijo:

—Hija mía, ¿de qué tienes miedo? ¿Acaso hay algún gigante en la puerta que quiera llevarte consigo?

—Oh, no —respondió—, no es un gigante, sino un repelente sapo.

—¿Y qué es lo que quiere de ti ese sapo?

—Ay, papá querido, ayer, cuando estaba en el bosque jugando al lado del estanque, se me cayó al agua la bola de oro. Y entonces me puse a llorar, el sapo la sacó y, como era lo que me pedía, le prometí que seríamos amigos, pero nunca pensé que pudiera salir del agua. Ahora está afuera y quiere entrar.

Entretanto llamaron por segunda vez y se oyó gritar:

Hija del rey, jovencita,
ábreme la puerta,
¿no recuerdas ya tal vez
lo que me dijiste ayer
junto al estanque del agua fresquita?
Hija del rey, jovencita,
ábreme la puerta.

—Lo que has prometido tienes que cumplirlo —dijo entonces el rey—; ve y ábrele.

Ella fue hasta la puerta y la abrió; el sapo entró de un salto y la siguió hasta su silla.

—Súbeme hasta donde estás tú —dijo, una vez sentado.

Ella titubeó hasta que el rey acabó por ordenárselo. Una vez que el sapo estuvo en la silla, quiso subirse a la mesa y, cuando estuvo allí sentado, dijo:

—Ahora acércame tu platito de oro para que podamos comer juntos.

Por supuesto que así lo hizo, pero se vio muy bien que no de muy buena gana. El sapo saboreaba la comida, pero a ella se le atragantaba cualquier bocadito.

—He comido mucho y estoy cansado —dijo luego el sapo—, llévame ahora a tu cuartito y prepara tu camita de seda para que nos acostemos.

La hija del rey se echó a llorar, porque le daba mucho miedo aquel sapo frío al que no se atrevía a tocar y que ahora tenía que dormir con ella en su camita tan bonita y tan limpia. Pero el rey se puso furioso y dijo:

—No desprecies jamás a quien te ha ayudado cuando lo necesitabas.

Entonces ella lo agarró con dos dedos, lo subió a su cuarto y lo dejó en un rincón. Pero cuando ella estaba ya metida en la cama, llegó el sapo y le dijo:

—Estoy cansado y quiero dormir igual de bien que tú; súbeme o se lo digo a tu padre.

Entonces ella se enfadó muchísimo, lo cogió y lo lanzó con todas sus fuerzas hasta estrellarlo contra la pared:

—Ahora sí que vas a descansar, sapo asqueroso.

Pero tras caer al suelo ya no era un sapo, sino el hijo de un rey, de hermosos y amables ojos. Ahora, por voluntad de su padre, iba a ser su adorado amigo y su esposo. Entonces le contó que una malvada bruja lo había hechizado y que nadie más que ella hubiera podido liberarlo del estanque, y que al día siguiente se marcharían juntos a su reino. Luego se durmieron y a la mañana siguiente, cuando el sol los despertó, llegó un carruaje tirado por ocho caballos blancos con blancas plumas de avestruz en la cabeza y cadenas doradas, y detrás iba el criado del joven rey, que era el fiel Enrique. Este se había sentido tan triste cuando su señor se vio transformado en un sapo que se había hecho colocar tres cadenas de hierro alrededor del corazón para que no se le saliera de dolor y de pena. Pero el carruaje tenía que llevar al joven rey a su reino; el fiel Enrique los metió dentro a los dos, volvió a colocarse detrás, loco de alegría por que se hubiera roto el maleficio. Y cuando llevaban recorrido ya un trecho del camino, el hijo del rey oyó un ruido a sus espaldas, como si algo se hubiera roto. Entonces se volvió y exclamó:

—Enrique, el carruaje se va a romper.

No, mi señor, el carruaje no es,
es una cadena de mi corazón,
que yacía sumido en un gran dolor
cuando estabais en el estanque metido
y en un gran sapo convertido.

Una segunda vez y otra más se oyó un ruido por el camino, y el hijo del rey siempre creía que el carruaje se iba a romper, pero eran tan solo las cadenas que saltaban del corazón del fiel Enrique porque su señor estaba liberado del hechizo y era feliz.

El lobo y los siete cabritillos

Érase una vez una vieja cabra que tenía siete cabritillos y los quería como solo una madre quiere a sus hijos. Un día tuvo que ir al bosque a buscar comida; entonces llamó a los siete y les dijo:

—Queridos hijos, voy a ir al bosque, cuidaos del lobo: si entra, os comerá a todos enteros. El malvado se disfraza muchas veces, pero lo reconoceréis enseguida por su voz ronca y sus patas negras.

—Querida madre —respondieron los cabritillos—, tendremos cuidado, podéis marcharos sin preocupación.

Entonces la anciana baló y se puso en camino toda confiada.

No había pasado mucho rato cuando alguien llamó a la puerta de la casa y gritó:

—Abrid, queridos niños, vuestra madre está aquí y os ha traído algo a cada uno.

Pero los cabritillos se dieron cuenta por aquella voz tan ronca de que era el lobo:

—No te abriremos —gritaron—. Tú no eres nuestra madre, ella tiene una voz fina y agradable, pero la tuya es ronca, eres el lobo.

Entonces el lobo fue a una tienda y compró un gran pedazo de tiza; se la comió y así se aclaró la voz. Luego regresó, llamó a la puerta de la casa y gritó:

—Abrid, queridos niños, vuestra madre está aquí y os ha traído algo a cada uno.

Pero el lobo había puesto su negra pata en la ventana; los cabritillos la vieron y exclamaron:

—¡No te abriremos! Nuestra madre no tiene las patas negras como tú: eres el lobo.

Entonces el lobo fue corriendo a casa del molinero y le dijo:

—Échame harina blanca por las patas.

El molinero pensó: «El lobo quiere engañar a alguien», y se negó a hacerlo, pero el lobo le amenazó:

—Si no lo haces, te devoro.

Entonces al molinero le entró miedo y le dejó las patas blancas. Sí, los humanos son así.

Luego el malvado fue por tercera vez hasta la puerta de la casa, llamó y dijo:

—Abridme, niños, vuestra querida madre ha vuelto a casa y os ha traído algo del bosque a cada uno.

—Primero enséñanos la pata —respondieron los cabritillos—, para que sepamos si eres nuestra querida mamaíta.

Entonces, el lobo puso la pata en la ventana y, cuando vieron que era blanca, creyeron que era verdad todo lo que decía y abrieron la puerta. Pero quien entró fue el lobo. Los cabritillos se asustaron y trataron de esconderse. Uno se metió debajo de la mesa, otro en la cama, el tercero en el horno, el cuarto en la cocina, el quinto en el armario, el sexto debajo de la tina y el séptimo en la caja del reloj de pared. Pero el lobo los fue encontrando y no se anduvo con muchos rodeos: los engulló uno tras otro. Al único que no encontró fue al más pequeño, que estaba en la caja del reloj. Una vez que el lobo hubo calmado su apetito, se largó, se tumbó bajo un árbol en el verde prado y empezó a dormir.

No mucho tiempo después regresó del bosque la anciana cabra. ¡Ay, lo que tuvo que ver! La puerta de la casa estaba abierta de par en par: la mesa, la silla y los bancos estaban todos volcados, la tina hecha añicos, habían arrancado de la cama las sábanas y las almohadas. Buscó a sus niños, pero no estaban por ninguna parte. Fue llamándolos uno por uno por su nombre, pero nadie respondió. Al final, cuando le tocó al más pequeño, una voz muy fina contestó:

—Querida madre, estoy en la caja del reloj.

Lo sacó de allí y él le contó que el lobo había entrado y se había comido a todos los demás. Ya podéis imaginar lo que lloró por sus pobres niños.

Al final, salió de casa con toda su pena y el joven cabritillo fue con ella. Cuando llegaron al prado, el lobo seguía allí tumbado, roncando de manera tal que las ramas temblaban. Lo miró bien por todas partes y se percató de que en su vientre repleto algo se movía y pataleaba. «Ay, Dios mío —pensó—, ¿estarán aún vivos mis pobres niños, que se los ha zampado de cena?»

Entonces el cabritillo tuvo que ir corriendo a casa a buscar tijera, aguja e hilo. Luego ella le abrió la barriga al monstruo y, apenas hubo hecho un corte, ya asomó la cabeza un cabritillo y, al seguir cortando, fueron saliendo uno tras otro los seis, y todos estaban vivos y no habían sufrido el menor daño, porque el monstruo, por su avidez, se los había tragado enteros. ¡Qué alegría! Entonces todos acariciaron a su madre y brincaron locos de contento. Pero la anciana dijo:

—Ahora id a buscar unos pedruscos: con ellos le llenaremos la tripa a este malvado animal mientras esté durmiendo.

Los siete cabritillos trajeron enseguida los pedruscos y se los metieron en la tripa, tantos como pudieron. Luego la anciana volvió a coserlo a toda velocidad de tal forma que el lobo no notó nada y ni siquiera se movió.

Cuando, finalmente, el lobo hubo descansado, se puso en pie y, como las piedras del estómago le daban mucha sed, fue hasta un pozo para beber. Pero al andar y moverse de un lado para otro, las piedras se golpeaban unas con otras en su barriga y hacían mucho ruido. Entonces exclamó:

¿Qué es lo que suena y resuena
dentro de mi estomaguillo?
Pensaba que seis cabritillos,
y son solo un montón de piedras.

Y cuando llegó al pozo y se inclinó sobre el agua para beber, las pesadas piedras lo arrastraron hacia dentro y acabó ahogándose entre grandes lamentos. Cuando los siete cabritillos lo vieron, se acercaron corriendo y gritaron:

—¡El lobo está muerto! ¡El lobo está muerto!

Y bailaron muy contentos alrededor del pozo.

Rapónchigo (Rapunzel)

Éranse una vez un hombre y una mujer que desde hacía mucho tiempo deseaban en vano tener un hijo; finalmente, ella concibió la esperanza de que el buen Dios cumpliría su deseo. La pareja tenía una ventanita en la parte trasera de su casa desde la que se veía un espléndido huerto repleto de las flores y las hierbas más hermosas, pero estaba rodeado de un alto muro y nadie se atrevía a entrar en él porque pertenecía a una hechicera muy poderosa y a la que todo el mundo temía. Un día, la mujer estaba mirando al huerto desde esa ventana; entonces vio un arriate lleno de magníficos rapónchigos, y se veían tan frescos y tan verdes que se le antojaron y no deseaba otra cosa más que comerlos. El deseo aumentaba día tras día y, como sabía que no podía conseguirlos, fue quedándose muy demacrada y se la veía muy pálida y triste.

—¿Qué te pasa, querida esposa? —le preguntó su marido, asustado.

—Ay —respondió ella—, si no consigo comerme algún rapónchigo del huerto de detrás de casa, me moriré.

El hombre, que la quería mucho, pensó: «Antes que dejar morir a tu mujer, coge los rapónchigos, cueste lo que cueste».

Así que al anochecer trepó por el muro del huerto de la hechicera, cortó a toda velocidad un manojo de rapónchigos y se los llevó a su mujer. Rápidamente esta se preparó una ensalada con ellos, que se comió con gran avidez. Pero le supieron tan tan bien que al día siguiente le entraron el triple de ganas de comerlos. Para que se quedase tranquila, el marido tenía que volver a trepar al huerto. Así que al hacerse de noche volvió a encaramarse al muro, pero cuando hubo llegado arriba se llevó un enorme susto al ver ante sí a la hechicera.

—¿Cómo te atreves —dijo con una mirada furiosa— a entrar en mi huerto y robarme los rapónchigos? ¡Te van a sentar muy mal!

—Ay —contestó él—, dejad que prevalezca la

piedad sobre el derecho, pues lo he tenido que hacer por pura necesidad: mi mujer ha visto vuestros rapónchigos desde la ventana y le han entrado tantas ganas de comerlos que se moriría si no pudiera hacerlo.

—Si es tal como dices —dijo la hechicera dejando de lado su furia—, permitiré que te lleves todos los rapónchigos que quieras, solo que con una condición: tendrás que darme al niño que dará a luz tu mujer. Le irá bien y yo lo cuidaré como si fuera su madre.

El hombre, de puro miedo, le dijo a todo que sí y, cuando la mujer dio a luz, la hechicera se presentó al punto, le puso a la niña el nombre de Rapunzel (es decir, Rapónchigo) y se la llevó consigo.

Rapunzel era la niña más hermosa que había bajo el sol. Cuando cumplió doce años, la hechicera la encerró en una torre que había en un bosque y que no tenía ni escalera ni puertas, tan solo una ventanita en lo alto. Cuando la hechicera quería entrar, se ponía debajo y gritaba:

¡Rapunzel, Rapunzel,
échame tus cabellos!

Rapunzel tenía unos cabellos largos y hermosos, tan finos como el oro hilado. Cuando oía la voz de la hechicera, se desataba las trenzas, las enrollaba en un gancho de la ventana y los cabellos le caían diez metros, y entonces la hechicera subía por ellos.

Pasados algunos años, aconteció que el hijo del rey cabalgaba por el bosque y pasó por delante de la torre. Entonces oyó una melodía tan adorable que se detuvo a escucharla. Era Rapunzel, que, en su soledad, pasaba el tiempo haciendo resonar su dulce voz. El hijo del rey se dispuso a subir y buscó una puerta en la torre, pero no encontró ninguna. Regresó a su casa, pero aquella melodía lo había conmovido tanto que todos los días iba al bosque a escucharla. En una ocasión en que estaba detrás de un árbol, vio que se acercaba una hechicera y escuchó cómo gritaba:

¡Rapunzel, Rapunzel,
échame tus cabellos!

Entonces Rapunzel soltó sus trenzas y la hechicera subió por ellas. «Si esta es la escalera por la que se sube, yo también quiero probar suerte.» Y al día siguiente, cuando empezaba a anochecer, se dirigió a la torre y gritó:

¡Rapunzel, Rapunzel,
échame tus cabellos!

Al instante cayeron los cabellos y el hijo del rey subió por ellos.

Al principio, Rapunzel se llevó un enorme susto al ver llegar a un hombre como sus ojos no habían visto jamás, pero el hijo del rey empezó a hablar con ella muy amablemente y le contó que su canción lo había conmovido tanto que no encontraba sosiego y quería verla en persona. Entonces Rapunzel perdió el miedo y, cuando él le preguntó si quería tomarlo como esposo y ella vio que era joven y apuesto, pensó: «Él me querrá más que la vieja madrina», y le dijo que sí, puso su mano sobre la de él y le habló así:

—Me gustaría irme contigo, pero no sé cómo bajar de aquí. Cuando vengas, trae cada vez un cordón de seda; con ellos trenzaré una escalera y, cuando esté lista, bajaré y me montarás en tu caballo.

Acordaron que entonces él iría a verla todas las tardes, pues durante el día iba la vieja. La hechicera

no se percató de nada hasta que un día Rapunzel empezó a decirle:

—Respondedme, señora madrina, ¿cómo es posible que me cueste subiros mucho más a vos que al joven hijo del rey? Él sube en un abrir y cerrar de ojos.

—¡Ay, qué niña malvada! —exclamó la hechicera—. Las cosas que tengo que oírte decir, yo pensaba que te había apartado del mundo, ¡y tú me has engañado!

En su furia agarró los hermosos cabellos de Rapunzel, los enrolló unas cuantas veces en su mano izquierda, cogió una tijera con la derecha y, tris, tras, cortó las lindas trenzas, que cayeron al suelo. Y fue tan despiadada que llevó a la pobre Rapunzel a un desierto, donde esta tuvo que vivir entre grandes penurias y calamidades.

Pero el mismo día en que desterró a Rapunzel, la hechicera, al llegar la tarde, sujetó las trenzas cortadas al gancho de la ventana y las dejó caer cuando el hijo del rey llegó y gritó:

¡Rapunzel, Rapunzel,
échame tus cabellos!

El hijo del rey subió, pero no encontró allí a su querida Rapunzel, sino a la hechicera, que lo observaba con ojos malvados y venenosos.

—¡Ajá! —exclamó en tono de burla—, querías llevarte a tu amada, pero el lindo pájaro ya no está en el nido y no canta más, el gato se la ha llevado y, además, te va a sacar los ojos. Has perdido a Rapunzel, nunca volverás a verla.

El hijo del rey se descompuso de dolor y, en su desesperación, se lanzó de la torre: salvó la vida, pero los espinos sobre los que cayó le pincharon los ojos. Ciego, anduvo errando por el bosque, sin comer otra cosa que raíces y bayas y sin hacer otra cosa más que lamentarse y llorar por la pérdida de su amada. Así, en ese estado miserable, anduvo vagando durante algunos años y, finalmente, fue a parar al desierto en el que vivía Rapunzel con los gemelos que había dado a luz, un niño y una niña. Oyó una voz que le resultó conocida y se dirigió hacia allí; al acercarse, Rapunzel lo reconoció y se le echó al cuello llorando. Dos de sus lágrimas humedecieron los ojos del príncipe, que entonces se aclararon de nuevo y volvió a ver con ellos igual que hacía antes. Se la llevó a su reino, donde los recibieron con alegría y vivieron muchos años felices y dichosos.

JACOB Y WILHELM GRIMM

La importante ciudad de orfebres de Hanau (Alemania) vio nacer en 1785 a Jacob y, en febrero del año siguiente, a Wilhelm, hijos mayores del matrimonio Grimm. Los dos pequeños, a los que siguieron otros seis hermanos, vivieron una infancia feliz en una casa amplia rodeada de un gran jardín. Sin embargo, cuando los niños contaban con once y diez años, un hecho cambiaría sus vidas: la muerte de su padre entristeció a toda la familia y los condujo a la pobreza. Jacob y Wilhelm tuvieron que ayudar a su madre durante dos años hasta que, gracias al favor de su tía, se marcharon a estudiar a Kassel. Al crecer, demostraron tener un carácter muy diferente: Jacob era tímido y Wilhelm, en cambio, muy sociable. Pero los dos compartían el esfuerzo en los estudios, como demostraron en el colegio y en la universidad. Ambos se interesaron por investigar los cuentos populares alemanes, recopilándolos y reescribiéndolos hasta componer sus famosos Cuentos. También iniciaron el proyecto de un gran diccionario, que dejaron inacabado en la palabra fruta por la muerte de Wilhelm en 1859. Jacob, apenado y solo, falleció cuatro años después.

ÍNDICE

Intrépido lector **7**

Blancanieves **11**
Blancanieves y Rosarroja **35**
Milpieles **49**
Hans el suertudo **61**
Los zapatos gastados de tanto bailar **73**
El campesino y el diablo **81**
Rumpelstiltskin **85**
El rey sapo o el fiel Enrique **93**
El lobo y los siete cabritillos **101**
Rapónchigo (Rapunzel) **109**

Biografía de los autores **117**

Austral Intrépida recopila las obras más emblemáticas de la literatura juvenil, dirigidas a niños, jóvenes y adultos, con la voluntad de reunir una selección de clásicos indispensables en la biblioteca de cualquier lector.

TÍTULOS DE LA COLECCIÓN:

Cuentos de Andersen,
Hans Christian Andersen
Peter Pan y Wendy, J. M. Barrie
El mago de Oz, L. Frank Baum
A través del espejo y lo que Alicia encontró allí,
Lewis Carroll
Alicia en el país de las maravillas,
Lewis Carroll
Las aventuras de Pinocho, Carlo Collodi
El perro de los Baskerville,
Arthur Conan Doyle
Las aventuras de Sherlock Holmes,
Arthur Conan Doyle
Robinson Crusoe, Daniel Defoe

Canción de Navidad, Charles Dickens
Blancanieves y otros cuentos,
Jacob y Wilhelm Grimm
Cuentos de los Hermanos Grimm,
Jacob y Wilhelm Grimm
El jardín secreto, Frances Hodgson Burnett
Capitanes intrépidos, Rudyard Kipling
El Libro de la Selva, Rudyard Kipling
El rey Arturo y sus caballeros de la Tabla Redonda, Roger Lancelyn Green
Las crónicas de Narnia. El león, la bruja y el armario, C. S. Lewis
Colmillo Blanco, Jack London
La llamada de lo salvaje, Jack London
Ana, la de Tejas Verdes, Lucy Maud Montgomery
Mujercitas, Louisa May Alcott
Cuentos de Perrault, Charles Perrault
El extraño caso del Dr. Jekyll y Mr. Hyde,
Robert Louis Stevenson
La Isla del Tesoro, Robert Louis Stevenson
Viajes de Gulliver, Jonathan Swift
El Hobbit, J. R. R. Tolkien
Las aventuras de Huckleberry Finn,
Mark Twain
Las aventuras de Tom Sawyer, Mark Twain
De la Tierra a la Luna, Jules Verne
La vuelta al mundo en ochenta días,
Jules Verne
Veinte mil leguas de viaje submarino,
Jules Verne
Viaje al centro de la Tierra, Jules Verne
La isla del doctor Moreau, H. G. Wells
La máquina del tiempo, H. G. Wells
El fantasma de Canterville y otros cuentos,
Oscar Wilde

AUSTRAL